Écrivains | numéro 9

GEORGES SIMENON,
LE NOUVEAU VISAGE DU ROMAN POLICIER

— Maigret, un commissaire
qui brise tous les clichés

par Marie Piette

50MINUTES

50MINUTES

CULTIVEZ-VOUS
SANS MODÉRATION !

50MINUTES
Artistes | numéro 1
LE CARAVAGE
ET LES JEUX DE LUMIÈRE
L'enfant terrible du baroque italien

William Shakespeare
Le romantisme
Gustav Klimt
Eugène Delacroix
Victor Hugo

www.50minutes.com

GEORGES SIMENON   **5**

CONTEXTE   **7**

Élitisme *versus* production de masse

Le genre du roman policier

Le déclassement de la petite bourgeoisie

BIOGRAPHIE   **11**

Enfance, famille et formation

L'entrée en littérature

La maturité littéraire

La célébrité universelle

Retraite et vieillesse

CARACTÉRISTIQUES   **17**

Une production vaste et variée

Le commissaire Maigret

Une consécration ambiguë

Le « dernier romancier »

SÉLECTION D'ŒUVRES   **22**

Au pont des Arches

L'Homme à la cigarette

Pietr-le-Letton

L'Affaire Saint-Fiacre

Le Chat

GEORGES SIMENON, UNE SOURCE D'INSPIRATION   **30**

EN RÉSUMÉ   **32**

POUR ALLER PLUS LOIN   **33**

GEORGES SIMENON

- **Naissance ?** Né le 13 février 1903 à Liège (Belgique).
- **Mort ?** Décédé le 4 septembre 1989 à Lausanne (Suisse).
- **Contexte ?** Écrivain belge francophone du xxᵉ siècle issu de la petite bourgeoisie en crise, Simenon donne un surcroît de littérarité au roman policier à une époque où le clivage entre littérature élitiste et littérature de masse est profondément marqué.
- **Œuvres majeures ?**
  - *Au pont des Arches* (premier roman, 1921)
  - *L'Homme à la cigarette* (roman populaire, 1931)
  - La série des *Maigret* (romans populaires, 1931-1934 et 1936-1972)
  - *Le Chat* (« roman dur », 1967)
  - *Pedigree* (roman autobiographique, 1948)
  - *Lettre à ma mère* (roman autobiographique, 1974)
  - *Dictées* (dictées autobiographiques, 1975-1981)
  - *Mémoires intimes* (roman autobiographique, 1981)

Georges Simenon est l'un des écrivains belges les plus lus dans le monde. Il doit son succès à sa complaisance pour les pratiques du vedettariat, mais aussi et surtout au célèbre héros de sa série policière, le commissaire Maigret, un personnage atypique et intuitif qui brise tous les clichés liés au type du détective. Pourtant, Simenon peine à trouver sa place, à la fois dans la société et dans le monde littéraire. Cette difficulté suscite chez lui une angoisse existentielle qui le pousse à écrire toujours plus et à produire des centaines de romans. Son incroyable fécondité ne cesse, encore aujourd'hui, d'impressionner.

Que ce soit dans ses « romans durs » ou dans les *Maigret*, c'est toujours la même obsession qui guide l'auteur : Simenon veut appréhender l'homme dans ses instincts les plus primaires, dans sa nudité originelle, sans le vernis des conventions sociales, avec pour devise « comprendre, mais ne pas juger ». Accordant moins d'importance à l'identification du coupable qu'à la compréhension des motivations qui ont mené au crime, il donne au roman policier une dimension psychologique inédite.

Enfin, comment parler de Simenon sans évoquer l'atmosphère particulière qui règne dans ses œuvres ? Elle relève incontestablement du domaine des sensations, des impressions, et ne peut donc être définie en des termes précis et concrets. Mais il est certain que c'est notamment grâce à elle que de nombreuses œuvres simenoniennes ont séduit les scénaristes et ont été adaptées au cinéma ou à la télévision.

ÉLITISME *VERSUS* PRODUCTION DE MASSE

Lorsque Georges Simenon commence à écrire, on observe dans le milieu littéraire français un clivage entre une littérature élitiste et une littérature de masse. Pour comprendre ce phénomène, il faut remonter au XIXᵉ siècle. C'est en effet à cette époque que, suite à l'essor de la presse écrite, on assiste au développement de la littérature populaire, ainsi qu'à la naissance du roman-feuilleton, diffusé dans les journaux pour toucher un large public. Les auteurs qui se lancent dans ce nouveau type de production, parmi lesquels Alexandre Dumas (1802-1870) et Eugène Sue (1804-1857), cherchent à gagner le plus d'argent possible au moyen de leur plume. Cette mentalité révolte les écrivains plus élitistes, comme Charles Baudelaire (1821-1867) ou Gustave Flaubert (1821-1880), qui luttent pour que l'art reste indépendant et pur, loin de toute considération matérielle.

Ainsi, à l'aube du XXᵉ siècle, et jusque dans les années cinquante environ, le monde littéraire français est divisé en deux camps. Les écrivains élitistes dominent symboliquement et exercent une certaine violence sur l'autre camp, car ce sont eux qui dirigent les instances de consécration littéraires. Ils insistent sur la valeur créative de leurs œuvres, ne cherchent à être reconnus que par leurs pairs, et espèrent un succès à la fois différé et durable. L'écriture est pour eux un acte sacré : ils se veulent donc libres de toute contrainte extérieure et recherchent avant tout la beauté. Dans le camp de la littérature de masse, en revanche, le travail d'écriture, qui s'effectue rapidement et sert de gagne-pain, ne fait pas l'objet de la même valorisation. Les auteurs cherchent avant tout à obtenir un succès rapide auprès d'un large public : ils se soumettent donc aux attentes de leurs lecteurs. Mais leurs œuvres, qui sont placées sur le devant de la scène dès leur parution au moyen d'une publicité tapageuse, connaissent une obsolescence rapide.

LE GENRE DU ROMAN POLICIER

Avec un pied dans la production légitime et un autre dans la production de masse, le roman policier, dans lequel s'illustre Simenon avec la célèbre série des *Maigret*, occupe une place intermédiaire dans le monde littéraire. L'apparition de ce genre, né dans les années 1840 avec l'écrivain américain Edgar Allan Poe (1809-1849), coïncide avec l'industrialisation de la société, et plus précisément avec l'émergence de la classe ouvrière, relativement pauvre, qui engendre une augmentation de la criminalité. Mais l'essor du roman policier fait également écho au développement d'un esprit rationaliste et scientiste dans lequel la raison prend le pas sur l'instinct.

Au départ, il n'est autre qu'un roman-feuilleton. Il hérite ainsi d'une structure claire qui va du méfait à la réparation du préjudice commis, d'un système de personnages bien défini avec une victime, un agresseur et un justicier, et de thèmes populaires comme la vengeance, la quête identitaire ou encore la recherche de pouvoir. Cependant, il se distingue du modèle feuilletonesque dans le sens où le surhomme devient un détective professionnel qui n'est plus impliqué dans les faits, et où la structure narrative se fait linéaire et non plus éclatée. Le roman policier est centré sur l'enquête à résoudre : on part de l'énigme et on progresse lentement vers sa résolution.

Notons également que le roman policier se subdivise en différents sous-genres : roman à énigme, roman noir, thriller, etc. Dans tous les cas, il s'agit cependant d'un récit dont le cadre est juridico-policier et qui est focalisé sur un délit grave commis par un coupable envers une victime à qui un enquêteur rend justice.

LE DÉCLASSEMENT DE LA PETITE BOURGEOISIE

Sur le plan social et économique, on assiste, au cours du XXᵉ siècle, à une montée en puissance du capitalisme monopolistique, qui s'est progressivement développé suite à la révolution industrielle et à la modernisation de la société, sous l'impulsion du progrès technique. La taille des entreprises augmente sans cesse, la concurrence est de plus en plus rude et les marchés s'étendent toujours davantage.

Il va sans dire que cette situation a un effet dévastateur sur les petites structures de production, et plus spécifiquement sur la petite bourgeoisie traditionnelle. Celle-ci, composée majoritairement de petits commerçants et d'artisans, pratique une forme de production marchande simple qui, historiquement, fait la transition entre le mode de production féodal et le mode de production capitaliste. Elle se retrouve ainsi coincée entre les couches bourgeoises qui sont au-dessus d'elle et la classe ouvrière, deux mondes dans lesquels elle ne se reconnaît pas. Cette situation suscite une importante angoisse existentielle chez ses membres qui se sentent déclassés, et deviennent bureaucrates ou fonctionnaires pour conserver une place dans la société.

Cette angoisse, on la retrouve chez Georges Simenon qui, par ses origines, appartient à la petite bourgeoisie traditionnelle, et qui met en scène, dans ses romans, de nombreux personnages de la classe moyenne.

BIOGRAPHIE

ENFANCE, FAMILLE ET FORMATION

Georges Simenon naît le vendredi 13 février 1903 à Liège, dans une famille modeste et profondément catholique. La date mentionnée sur son acte de naissance est cependant celle du 12 février : sa mère, Henriette Brüll, très superstitieuse, a insisté pour falsifier le document. Son père, Désiré Simenon, est comptable dans un bureau d'assurances, tandis qu'Henriette loue des chambres à des étudiants. Georges Simenon a un frère cadet, Christian, né en 1906.

Élève prometteur et doué, notamment dans les branches littéraires, Georges Simenon fréquente plusieurs établissements catholiques : l'institut Saint-André, tout d'abord, puis le collège Saint-Louis et, enfin, le collège Saint-Servais. Toutefois, il termine sa scolarité très tôt, à l'âge de 15 ans. En effet, arrivé à l'adolescence, le jeune homme se rebelle. C'est aussi à cette époque qu'il perd la foi et vit ses premières expériences sexuelles. De plus, son père étant malade, il doit commencer à gagner sa vie. C'est ainsi qu'en janvier 1919, il est engagé comme reporter à *La Gazette de Liège*, un journal quotidien local.

L'ENTRÉE EN LITTÉRATURE

Simenon publie son premier roman, *Au pont des Arches*, en 1921. À la fin de l'année 1922, après son service militaire, il tente sa chance à Paris, où il devient le secrétaire de l'écrivain Binet-Valmer (1875-1940), puis du marquis Raymond de Tracy. En 1923, il épouse Régine Renchon, qu'il surnomme Tigy, et avec qui il aura un fils, Marc, en 1939.

En parallèle de son activité de secrétaire, il écrit des contes qui ont du succès. En mars 1924, il décide donc de vivre de sa plume et quitte son emploi. Il produit alors, en l'espace d'une dizaine d'années, et sous divers pseudonymes, plus de 1 000 contes et près de 200 romans populaires qu'il édite chez Ferenczi, Tallandier et Fayard, notamment. Les lecteurs accueillent ces publications avec beaucoup d'enthousiasme, ce qui lui permet de s'enrichir considérablement et de vivre de manière aisée.

Au début de l'année 1927, Eugène Merle (1884-1938), un homme important de la presse parisienne, lui lance un défi : il lui demande d'écrire un roman en étant enfermé dans une cage de verre, pendant une semaine, sous les yeux du public. Le projet, qui n'aboutit finalement pas, assure une grande notoriété au jeune écrivain, mais suscite aussi l'indignation dans les milieux littéraires plus élevés, où l'on considère qu'exhiber l'acte d'écriture est un sacrilège.

À partir de 1928, le nouveau phénomène qu'est Simenon partage son temps entre l'écriture et la navigation. Il visite la France par le biais de ses voies navigables, puis il fait route vers le Grand Nord à bord de son bateau, l'*Ostrogoth*. Selon ses dires, c'est lors d'une escale à Delfzijl, aux Pays-Bas, que le fameux commissaire Maigret naît de sa plume.

D'Hont (Pieter), *Maigret*, 1966, sculpture, Delfzijl (Pays-Bas).

LA MATURITÉ LITTÉRAIRE

Les années 1929 et 1930 marquent un important tournant dans la carrière de Simenon. Sa production populaire s'essouffle et il désire gravir les échelons du monde littéraire. C'est à ce moment qu'il abandonne ses pseudonymes pour signer ses œuvres avec son patronyme. En 1931, il lance les premiers *Maigret*, qui sont publiés chez Fayard et rencontrent un immense succès : *Pietr-le-Letton*, *Le Pendu de Saint-Pholien*, *M. Gallet, décédé* et *Le Chien jaune*.

Poussé par une irrésistible envie de découvrir le monde, il décide, en 1932, de parcourir l'Afrique avec Tigy. À cette occasion, il écrit un reportage intitulé *L'Heure du Nègre*, qui est publié dans l'hebdomadaire *Voilà*. Ensuite, entre 1933 et 1934, il voyage en Europe orientale, puis se rend à New York, au Panamá, en Colombie, en Équateur ou encore à Tahiti. Il y pratique le journalisme d'investigation, sans vraiment briller dans ce domaine.

En octobre 1933, Simenon signe son premier contrat avec la maison d'édition Gallimard. Peu de temps après, il décide d'abandonner les *Maigret*, estimant que ceux-ci n'étaient qu'une étape dans sa carrière. Il ne reviendra vers le célèbre commissaire qu'en 1936, essentiellement pour des raisons financières. Il se lance alors dans la publication de « romans durs » non sériels et d'une grande qualité sur le plan littéraire. Mais il reste tout de même le « vilain petit canard » de Gallimard : André Gide (1869-1951) est à peu près le seul grand écrivain de la maison qui noue de bonnes relations avec lui, s'enthousiasme face à ses œuvres et émet des critiques constructives.

Lorsque la Deuxième Guerre mondiale (1940-1945) éclate, Simenon adopte une attitude neutre qui lui est reprochée au terme du conflit. On le soupçonne même d'avoir collaboré avec l'ennemi. Une fois ce dossier refermé, il décide de partir pour l'Amérique. Il quitte aussi Gallimard pour rejoindre les Presses de la cité.

LA CÉLÉBRITÉ UNIVERSELLE

Arrivé aux États-Unis, Simenon voyage à travers le pays avant de se fixer en Arizona. Là, il engage une secrétaire bilingue, Denyse Ouimet, dont il s'éprend. Il l'épouse en 1950, après s'être défait de ses engagements envers Tigy, et il s'installe avec elle à Lakeville. Denyse lui donnera trois enfants : John (né en 1949), Marie-Jo (née en 1953) et Pierre (né en 1959).

Durant les années qu'il passe en Amérique, Simenon écrit à plein régime et bénéficie de revenus supplémentaires grâce à l'adaptation de ses œuvres au cinéma. Ses romans sont également traduits dans le monde entier. En 1952, il effectue une tournée triomphale en Europe. Il passe notamment à Paris et à Liège, où il est admiré et applaudi par la foule. À cette occasion, il est reçu à l'Académie royale de langue et de littérature françaises de Belgique : il y occupe le fauteuil 26.

En 1955, il rentre définitivement en Europe et s'installe dans le Sud de la France, à Mougins, puis sur les hauteurs de Cannes. Mais Denyse souffre de troubles psychologiques et l'ambiance familiale se détériore. Le couple, qui connaît en outre des problèmes d'alcoolisme, quitte la France pour la Suisse en 1957 et s'installe près de Lausanne. En 1963, Simenon et les siens emménagent dans la villa d'Épalinges, célèbre pour sa démesure, que l'écrivain a fait construire sur les bords du lac Léman. L'année suivante, Denyse quitte définitivement la demeure familiale : son état psychologique s'aggrave et elle enchaîne les séjours en clinique psychiatrique. Simenon poursuit alors sa vie avec Teresa Sburelin, une femme de chambre italienne entrée à son service en 1961.

RETRAITE ET VIEILLESSE

L'écrivain décide de prendre sa retraite en 1972. *Maigret et Monsieur Charles* est son dernier roman. Pour marquer le coup, il quitte Épalinges pour aller vivre à Lausanne, dans une petite maison rose. Mais s'il n'écrit plus, il ne cesse pas pour autant de s'exprimer : il enregistre ses souvenirs et ses réflexions à l'aide d'un magnéto-phone. Ses pensées sont ensuite transcrites dans une *Lettre à ma mère* (1974) et dans les volumes des *Dictées* (1975-1981).

Le 19 mai 1978, Simenon est ébranlé par la mort de Marie-Jo, qui met fin à ses jours. Denyse le déclare responsable de ce suicide. Pour se défendre, il reprend la plume et écrit ses *Mémoires intimes*, qui sont publiées en 1981. Il s'agit de son ultime œuvre. En 1984, il est opéré pour une tumeur au cerveau et se remet plutôt bien de l'intervention. Mais, trois ans plus tard, en 1987, sa santé se détériore à nouveau : il est affaibli et, en partie paralysé, se déplace désormais en chaise roulante. Il décède dans la nuit du 3 au 4 septembre 1989.

CARACTÉRISTIQUES

UNE PRODUCTION VASTE ET VARIÉE

Georges Simenon est l'auteur d'une œuvre aussi vaste que variée. Il débute sa carrière littéraire en écrivant des textes populaires, notamment des romans légers, comme les *Orgies bourgeoises* (1926), des romans sentimentaux, par exemple *Le Roman d'une dactylo* (1924), et des romans d'aventures, dont *Un drame au pôle Sud* (1929). Ces œuvres de jeunesse comportent parfois des intrigues policières : c'est le cas, entre autres, de *L'Homme à la cigarette* (1931). Elles permettent à l'écrivain d'effectuer son apprentissage et constituent la genèse de l'œuvre à venir.

Simenon est aussi l'auteur de ce qu'il appelle des « romans durs », comme *Le Locataire* (1934), *Le Testament Donadieu* (1937), *Le Bourgmestre de Furnes* (1939), *La Vérité sur bébé Donge* (1942), *La neige était sale* (1948) ou encore *Le Chat* (1967). Ces œuvres, qu'il écrit plus tardivement, ont une réelle valeur littéraire et sont considérées comme des textes nobles. La célèbre série policière des *Maigret* (1931-1934 et 1936-1972), quant à elle, est une production médiane, demi-noble, qui se situe entre les romans populaires et les romans durs.

Enfin, la production de Simenon comporte encore des reportages journalistiques, des ouvrages à caractère autobiographique (*Pedigree*, 1948, et les *Mémoires intimes*, 1981), ainsi que des contes et des recueils de nouvelles. Mais malgré son gigantisme et sa variété, elle présente une certaine homogénéité : ce sont en effet toujours les mêmes thèmes et les mêmes obsessions qui reviennent. Simenon poursuit partout le même objectif : étudier la condition humaine pour comprendre l'homme. Pour ce faire, il se livre presque systématique-ment à une véritable remise en question de la vie de ses personnages, qu'il envisage dans leurs rapports avec autrui et avec le monde.

LE COMMISSAIRE MAIGRET

Large, pesant, les mains dans les poches et fumant la pipe, le célèbre commissaire Maigret est un inspecteur tout à fait singulier. Il paraît tout d'abord hors du monde : ses contacts avec les autres person-nages s'établissent par le biais des sens, de manière très primitive, et non dans un rapport culturel. Il est lui-même l'homme nu qu'il cherche à déceler chez les suspects, dont il tente de prouver la culpabilité en éliminant le vernis des conventions sociales. Ainsi, pour mener ses enquêtes, il agit plus par intuition que par déduc-tion, et se fie davantage à son instinct qu'aux rapports des médecins légistes ou à la raison. Sa méthode consiste à se rendre sur les lieux du crime pour s'imprégner de leur atmosphère et à s'identifier aux personnes liées au drame. Il rompt donc complètement avec la tradi-tion de l'enquêteur scientifique, donnant dès lors naissance au roman policier psychologique. Selon Simenon, la science est incapable de rendre compte de la nature profonde de l'être humain, qui reste un vrai mystère.

Avec Maigret, on assiste également à une véritable remise en cause des codes du roman policier. En effet, contrairement aux détec-tives habituels, le héros simenonien mène parfois ses enquêtes par initiative personnelle, sans être mandaté, et il n'est pas toujours extérieur au drame qui se produit. Il passe même pour suspect dans *La Danseuse du Gai-Moulin* (1931). Il lui arrive aussi de renoncer à livrer le coupable à la justice, comme dans *Liberty Bar* (1932), où il laisse Jaja, qui est malade, finir sa vie en liberté. Enfin, il com-met quelquefois des erreurs et ne mène pas toujours ses affaires d'une main de maître, allant jusqu'à favoriser un meurtre dans

Maigret aux assises (1960) ou se retrouvant complètement passif dans *L'Affaire Saint-Fiacre* (1932). Et surtout, il n'est lui-même pas tout à fait innocent : on le sent parfois très proche des criminels, car il comprend leurs motivations, qu'il lui arrive même de partager un peu.

UNE CONSÉCRATION AMBIGUË

Tout au long de sa carrière, Georges Simenon, qui se situe à cheval entre littérature et paralittérature, entretient des relations ambiguës avec les hautes sphères littéraires. Sa consécration fait donc l'objet de vifs débats. Personne n'oublie qu'il a commencé sa carrière dans le journalisme et par des textes populaires, et on lui reproche volontiers sa soif de succès auprès d'un large public, ses intentions commerciales, sa productivité exceptionnelle et sa tendance à l'exhibitionnisme.

Cependant, malgré cela, il reçoit les éloges d'écrivains reconnus tels qu'André Gide, Colette (1873-1954), François Mauriac (1885-1970) ou Louis-Ferdinand Céline (1894-1961). Il suscite aussi l'intérêt d'une critique qui, habituellement, dédaigne la littérature de masse, et un numéro d'*Apostrophes*, la célèbre émission littéraire de Bernard Pivot (né en 1935), lui est entièrement consacré. Enfin, fait rare pour un auteur de « basse classe », il reçoit énormément de distinctions : il est reçu comme membre à l'Académie royale de langue et de littérature françaises de Belgique, il est invité à présider le festival de Cannes et certaines de ses œuvres sont publiées dans la prestigieuse collection de la Pléiade. En réalité, les difficultés qu'il rencontre sont surtout liées au fait qu'il est en avance sur son époque : il produit en effet une littérature du compromis plus qu'une littérature de masse, et parvient avant beaucoup d'autres à trouver l'équilibre entre commerce et élitisme qui a tendance à s'imposer aujourd'hui.

LE « DERNIER ROMANCIER »

André Gide a dit de Georges Simenon qu'il était l'écrivain le plus « vraiment romancier » de son époque. L'auteur des *Maigret* prolonge en effet un courant majeur du XIXe siècle, à savoir le réalisme, au moment où celui-ci semble déclassé par les avant-gardes, notamment le surréalisme. Plus précisément, il reste fidèle au dispositif romanesque traditionnel qui veut que le personnage s'apparente à un véritable individu, avec son passé, ses caractéristiques physiques et sa psychologie, que l'histoire soit racontée de façon linéaire, avec un début et une fin, et qu'un décor soit posé de façon à produire un effet de réel. Le respect de ces codes le positionne « non seulement comme l'héritier de Balzac, de Zola et des grands Russes mais encore comme le dernier romancier, comme le dernier inventeur d'histoires émouvantes et d'univers fictifs » (DUBOIS (Jacques), « Statut littéraire et position de classe », in *Lire Simenon*, Bruxelles, Labor, 1980, p. 33). C'est peut-être ce qui explique son succès auprès du grand public.

Cependant, les descriptions de Simenon sont relativement brèves et évoquent les choses plus qu'elles ne les précisent, contrairement à celles de Balzac (1799-1850), par exemple. Il cherche à reconstituer le réel par petites touches, comme le pointillisme le fait en peinture, en faisant appel aux sens du lecteur. Écrivain intuitif, il fait souvent allusion à des bruits, à des odeurs et à des sensations, créant ainsi cette fameuse atmosphère propre à ses œuvres qu'on est incapable de vraiment définir. Quant à son style, dans les *Maigret* et dans les « romans durs », s'il paraît simple et ascétique, au point de donner une impression de facilité, il est en réalité très élaboré : il résulte d'un important travail d'écriture, et « relève [...] d'une quête de dépouille-ment visant à bannir l'artifice, le pathos et, d'une manière générale, tout romantisme de bas étage » (LEMOINE (Michel), *Simenon. Écrire l'homme*, Paris, Gallimard, 2003, p. 90).

SÉLECTION D'ŒUVRES

AU PONT DES ARCHES

Au pont des Arches est le premier roman de Georges Simenon. Il est publié en 1921 sous le pseudonyme de Georges Sim et est placé sous l'autorité de François Rabelais (vers 1494-1553), connu pour son extraordinaire verve comique. Lorsqu'il commence à écrire, Simenon, qui n'a que 16 ans, souhaite se lancer dans une carrière d'humoriste : *Au pont des Arches* est donc avant tout un roman humoristique qui traite des mœurs liégeoises, même si sa valeur comique n'est pas flagrante.

Joseph Planquet est pharmacien à l'enseigne du *Pont des Arches*, une pharmacie liégeoise. Paul, son fils, qui est étudiant, choisit une maîtresse, Julia Piron, et l'installe dans un appartement. Mais le jeune homme s'aperçoit que cela lui coûte trop cher et met fin à sa liaison. Quant à Joseph, suite aux conseils de son frère Timoléon, qui habite chez lui, il investit dans les pilules purgatives pour pigeons qui deviennent la spécialité de la pharmacie. Cependant, l'affaire se révèle peu rentable : pour réparer son erreur, Timoléon quitte la maison et achète les stocks de pilules de son frère en utilisant des hommes de paille. Heureux, Joseph lui propose alors de revenir vivre chez lui.

Au pont des Arches est clairement une œuvre de jeunesse. Elle comporte en effet certaines incohérences : la famille Dujardin, par exemple, devient Dejardin au fur et à mesure que l'histoire avance. Mais, par moment, on reconnaît déjà l'atmosphère qui fera l'originalité de toutes les productions simenoniennes. C'est le cas, notamment, lorsque la Meuse et le pont des Arches sont décrits à une heure matinale, par un temps froid et brumeux.

Pour écrire ce premier texte, Georges Simenon s'inspire de son propre vécu. Ainsi, il est amusant de constater que la pharmacie de Joseph Planquet a réellement existé sous le nom de *Pharmacie Germain*, qu'elle était située rue Pied-du-Pont-des-Arches, à Liège, et qu'elle était spécialisée dans la vente de produits pour pigeons et autres animaux. En outre, l'appartement loué par Paul Planquet se trouve dans un quartier où Simenon a habité et, si l'on en croit ses confidences, ce dernier a lui-même loué, dans sa jeunesse, un petit logement pour y installer une jeune fille à qui il allait rendre visite régulièrement. Enfin, Joseph Planquet, qui a pour habitude de s'asseoir dans un fauteuil en osier pour lire son journal, rappelle incontestablement Désiré Simenon, tandis que sa femme, Ursule, qui ne cesse de lancer des reproches à son entourage, ressemble fortement à Henriette Brüll.

L'HOMME À LA CIGARETTE

Publié en 1931 sous le pseudonyme de Georges Sim, *L'Homme à la cigarette* est l'un des derniers romans populaires écrits par l'écrivain.

William Biglow, un Américain richissime, est assassiné à Paris. Suite à la découverte de ses empreintes sur le lieu du crime, on suspecte Louis Chapenet (plus connu sous le nom de P'tit Louis), qui est en mer pour une campagne de pêche. Alors que l'inspecteur Boucheron s'apprête à arrêter le matelot à son retour au port, il est devancé par l'homme à la cigarette, J. K. Charles, qui est l'amant d'Éléonore Biglow, la veuve de la victime. Peu de temps après, J. K. Charles enlève également Betty Tramson, la nièce de William Biglow. Finalement, J. K. Charles révèle à l'inspecteur que c'est Betty qui a tué William Biglow, car celui-ci a voulu abuser d'elle. Pour brouiller les pistes et la protéger, il a déposé un verre appartenant à P'tit Louis sur le lieu de l'assassinat, puis il a enlevé le matelot afin qu'il ne soit pas injustement condamné. L'enlèvement de Betty, en revanche, n'a rien d'un crime : la jeune fille a tenté de se suicider et il est arrivé à temps pour la soigner. Il l'aime profondément, *et* son amour est partagé, mais il ne peut se résoudre à abandonner Éléonore. À la fin de l'histoire, c'est Boucheron qui se fiance à Betty, après que J. K. Charles lui ait demandé de prendre soin d'elle.

L'Homme à la cigarette, qui relève à la fois de l'histoire d'amour et du récit d'aventures, comprend également une intrigue policière fort bien menée : on est face à une enquête qui avance en piétinant, petit à petit, et les mystères ne sont élucidés qu'à la fin du roman, ce qui tient le lecteur en haleine jusqu'à la dernière page. On s'éloigne ainsi doucement du roman populaire pour se rapprocher du roman policier. Les personnages sont également moins idéalisés que dans les romans populaires traditionnels.

Dans ce texte, plusieurs éléments prouvent que Georges Simenon fait son apprentissage et que ses productions de jeunesse constituent la genèse de l'œuvre à venir. Tout d'abord, Boucheron, qui refuse de faire reposer son enquête sur des procédés déductifs, peut être considéré comme l'ancêtre du commissaire Maigret. Il possède par ailleurs un côté sensuel et instinctif qui le rapproche de ce dernier : il avoue notamment, à un moment, regretter de ne pas avoir reniflé la maison du crime. J. K. Charles, quant à lui, confesse à Boucheron qu'il rêve de vivre la vie des autres : cette particularité, on la retrouvera également chez Maigret, qui a pour habitude de s'identifier aux autres personnages pour résoudre ses enquêtes. Enfin, dans *L'Homme à la cigarette*, on ressent incontestablement l'atmosphère qui sera caractéristique des romans simenoniens ultérieurs.

PIETR-LE-LETTON

Pietr-le-Letton, publié chez Fayard en 1931, est le premier roman que Georges Simenon signe de son patronyme. Sa date de rédaction fait quant à elle l'objet d'un débat. Selon la légende et selon les dires de Simenon, *Pietr-le-Letton* aurait été rédigé dans le port de Delfzijl, aux Pays-Bas, en septembre 1929. Mais plusieurs spécialistes s'opposent à cette version et déclarent qu'il est plus probable que ce roman ait été composé au printemps de l'année 1930.

C'est dans cette œuvre que Maigret fait sa première apparition. Le commissaire s'apprête à filer le célèbre escroc international Pietr Johannson, appelé Pietr-le-Letton, qui vient d'arriver à Paris en train. On retrouve dans ce même train un cadavre qui est le sosie de Pietr. Commence alors une enquête au cours de laquelle Maigret est blessé par une balle, tandis que son collègue Torrence est abattu. Le commissaire suit la trace du supposé Letton ainsi que du milliardaire américain, M. Mortimer, qui semble négocier secrètement des affaires avec l'escroc. Il résout également l'énigme des sosies : Pietr-le-Letton a en réalité un jumeau, nommé Hans, qui a toujours vécu sous son ascendant. Maigret devine alors que l'homme à qui il a affaire n'est pas Letton mais son frère, et finit par rattraper ce dernier à Fécamp, au bout d'une jetée. Affligé par la présence du policier, le faux Pietr avoue tout : il a tué son frère car celui-ci le malmenait, puis il a épousé celle qu'il aimait et a pris la place du défunt. Après avoir dévoilé la vérité, Hans Johannson se suicide en se tirant une balle dans la gorge. Maigret, qui assiste à la scène, le laisse faire.

S'il s'agit de la première aventure de Maigret, ce récit n'a cependant rien d'une ébauche : tout est déjà en place pour la série à venir et le célèbre inspecteur est là, tout entier, comme s'il avait toujours existé. Son bureau se situe au quai des Orfèvres, il porte son grand pardessus noir à col de velours, avec un chapeau melon, et une pipe semble être rivée à sa mâchoire. Dès le début, il est décrit comme un homme mûr, massif, aux épaules impressionnantes, mais cela ne l'empêche pas d'être vulnérable, puisqu'il est blessé par une arme à feu durant son enquête. Ainsi, son côté humain se fait lui aussi déjà pleinement ressentir.

Aussi Maigret utilise-t-il, dès cette première œuvre, la méthode à laquelle il recourra dans toutes ses enquêtes ultérieures. Celle-ci fait même l'objet d'une description explicite par Simenon, qui l'appelle la « théorie de la fissure » : le commissaire, qui se laisse davantage guider par ses « impressions vagues » que par la raison, n'a de cesse de chercher « la fissure » chez les criminels, c'est-à-dire « le moment où [...], derrière le joueur, apparaît l'homme » (SIMENON (Georges), *Pietr-le-Letton*, Paris, Presses Pocket, 1977, p. 49). Pour ce faire, Maigret n'hésite pas à s'immerger dans la vie de ses suspects afin de les mettre à nu et de les pousser à avouer leur culpabilité. C'est ainsi qu'il obtient les aveux de Hans Johannson, en parvenant à lui faire baisser sa garde.

L'AFFAIRE SAINT-FIACRE

L'Affaire Saint-Fiacre est publiée en 1932 chez Fayard. L'histoire s'ouvre sur un message reçu par la police municipale de Moulins et transmis à Paris : « Un crime sera commis à l'église de Saint-Fiacre pendant la première messe du jour des morts. » Maigret, qui a passé toute son enfance à Saint-Fiacre et connaît bien les lieux, se rend directement sur place. Toutefois, il ne peut empêcher le meurtre : durant la célébration, la comtesse de Saint-Fiacre meurt d'un arrêt cardiaque, vraisemblablement dû à une émotion violente. Maigret découvre en effet qu'on a glissé dans le missel de la vieille femme un article de journal contrefait annonçant la mort de Maurice de Saint-Fiacre, son fils. Le commissaire décide de mener une enquête, mais celle-ci piétine et ne donne aucun résultat probant. Pour connaître le coupable, il faut attendre que Maurice de Saint-Fiacre organise un dîner « placé sous le signe de Walter Scott », auquel il convie Maigret ainsi que tous les meurtriers potentiels. Il organise alors un jeu subtil au cours duquel il énonce les raisons que chacun aurait pu avoir de tuer la comtesse. On découvre ainsi que l'assassin est Émile Gautier, le fils du régisseur du château, qui opérait secrètement avec son père pour racheter les terres de Saint-Fiacre et ainsi, à terme, devenir propriétaire du domaine.

Dans cette œuvre, qui est inspirée de sa vie au château de Paray-le-Frésil (situé à une vingtaine de kilomètres de Moulins), Simenon s'écarte à plusieurs reprises des règles du roman policier. Tout d'abord, dans L'*Affaire Saint-Fiacre*, on ne peut pas vraiment parler de meurtre, car le crime n'est pas clair. Dans le rapport du médecin, la mort de la comtesse est d'ailleurs considérée comme accidentelle. Par conséquent, Maigret n'est pas mandaté pour mener son enquête : sa démarche a un caractère officieux, privé. De plus, il n'a pas le détachement qu'il devrait avoir en tant qu'enquêteur car les raisons de sa présence à Saint-Fiacre sont surtout d'ordre affectif. Ensuite, le commissaire est loin d'être une figure héroïque, puisqu'il échoue à plusieurs reprises : il ne parvient pas à empêcher le meurtre ni à faire parler les suspects, et ce n'est finalement pas lui qui découvre le meurtrier. Enfin, pour couronner le tout, plutôt que de livrer le coupable aux autorités, il le regarde partir, après avoir laissé le comte faire justice lui-même, tout en le modérant quelque peu.

En réalité, Simenon utilise ici l'énigme policière dans l'unique but de parler de la société dans laquelle il vit et des bouleversements qu'elle subit. Le meurtre de la comtesse trouve en effet sa cause, selon l'auteur, dans le désordre suscité par la disparition d'une hiérarchie sociale stricte et précise qui maintenait en place les diffé-rentes classes. L'ancien monde, dans le roman, est présenté comme un âge d'or : il est symbolisé par le vieux comte de Saint-Fiacre, un homme supérieur et fort qui veille avec soin à la prospérité de son domaine. Une solide pyramide sociale est alors en place, et c'est ce qui garantit le bon fonctionnement des choses. Mais à la mort du vieux comte, tout s'écroule. On entre dans une nouvelle ère qui voit l'aristocratie perdre son prestige, les domestiques et les villageois se retrouver sans repères et une partie de la bourgeoisie profiter de la situation pour s'élever socialement. Ainsi, lorsqu'elle perd son mari, la comtesse commence à entretenir des gigolos qui ne sont autres que des petits bourgeois déclassés qui espèrent retrouver une situation stable en intégrant la noblesse. Parmi eux, on trouve Émile Gautier, un employé de banque qui finit par la tuer dans l'espoir de devenir, avec l'aide de son père, propriétaire du domaine de Saint-Fiacre.

LE CHAT

On considère souvent *Le Chat*, en tant que « roman dur », comme l'un des textes les plus nobles de Simenon. Il est publié en 1967.

Émile, 65 ans, et Marguerite, 63 ans, qui étaient veufs et voisins, ont décidé de se marier, sans doute pour éviter de vieillir seuls. Leur cohabitation n'est cependant pas facile : Émile est bourru, simple et quelque peu provocateur, tandis que Marguerite est à la fois délicate, raffinée et sournoise. Un jour, Émile retrouve son chat mort, probablement empoisonné, et il décide de se venger sur le perroquet de Marguerite. Commence alors une véritable guerre sourde entre les deux personnages qui ne communiquent plus que par l'intermédiaire de billets ciblés. L'atmosphère est lourde, mais malgré cela, le couple ne parvient pas à se séparer. Émile et Marguerite s'aiment autant qu'ils se haïssent et ils ne peuvent se passer l'un de l'autre. D'ailleurs, le jour où Marguerite décède, Émile subit un choc terrible.

Le titre de cette œuvre fait référence à *La Chatte*, un roman publié par Colette en 1933. En écrivant ce livre, Simenon rend ainsi hommage à cette grande dame de la littérature qu'il a bien connue et à l'influence qu'elle a exercée sur son écriture. Mais il y a en outre une continuité entre *La Chatte* et *Le Chat*, puisque les deux œuvres mettent en scène un personnage masculin qui manifeste plus d'affection à son chat qu'à son épouse, ce qui la pousse à se venger en tuant l'animal. Et comme Colette, Simenon propose une analyse fine et subtile des rapports de couple : l'acte de Marguerite est en réalité une manifestation de son désespoir et une réponse aux nombreuses provocations d'Émile. La situation des deux personnages est tellement complexe qu'au terme de l'œuvre, on ne peut pas vraiment déterminer lequel des deux est le plus cruel.

Il est aussi important de noter que *Le Chat* est écrit dans les années soixante, au moment où toute une partie de la ville de Paris est détruite afin de donner à la métropole un visage moderne. Or, dans le récit, Émile et Marguerite habitent dans un immeuble de la capitale française. Simenon parle donc régulièrement des travaux, en veillant toujours à leur donner un caractère dramatique :

> La benne aux mâchoires d'acier, en face, dégringolait du haut de la grue et heurtait lourdement le sol, près de la bétonnière, avec un vacarme de ferraille. Le choc, chaque fois, ébranlait la maison et chaque fois la femme sursautait, portait la main à sa poitrine comme si ce bruit, devenu pourtant habituel, l'atteignait au plus profond de ses organes. (SIMENON (Georges), *Le Chat*, Bruxelles, Le Soir, 2003, p. 3)

Ces descriptions n'ont guère un rôle anecdotique ni même purement décoratif. Cela est d'autant plus vrai que dans *Le Chat*, le thème de la destruction est omniprésent. En réalité, la démolition des immeubles entre tout naturellement en résonance avec la décrépitude de plus en plus marquée des deux personnages et avec la déchéance de leur couple. Émile et Marguerite sentent la mort approcher et restent enfermés dans leur petite guerre, sans regarder autour d'eux ni s'intéresser à ce qui se construit de nouveau dans leur ville, l'avenir des autres ne les intéressant plus.

GEORGES SIMENON, UNE SOURCE D'INSPIRATION

On dit souvent de Georges Simenon qu'il est le romancier le plus adapté au cinéma, mais aussi le premier écrivain contemporain dont les œuvres sont adaptées dès les débuts du cinéma parlant. Dès 1931, à peine publiés, trois de ses *Maigret* intéressent en effet les cinéastes et les producteurs : il s'agit de *La Nuit du carrefour*, adaptée par Jean Renoir (1894-1979) en 1932, du *Chien jaune*, adapté par Jean Tarride (1901-1980) la même année, et de *La Tête d'un homme,* adaptée par Julien Duvivier (1896-1967) la même année également.

Pourtant, l'écriture de Simenon n'est pas forcément cinématographique. Ses œuvres sont très statiques, alors que le cinéma est un art du mouvement, et leur temporalité parfois imprécise (Simenon a pour habitude d'effectuer de nombreux retours en arrière) complique les adaptations, comme l'explique Pierre Granier-Deferre (1927-2007), qui a adapté *Le Chat* (1971), *La Veuve Couderc* (1971), *Le Train* (1973) et *L'Étoile du Nord* (1981) au grand écran. Un autre réalisateur, Michel Audiard (1920-1985), explique pour sa part qu'il a dû remanier complètement les dialogues des œuvres simenoniennes car ceux-ci, faits pour être lus, sonnaient faux lorsqu'on les prononçait à haute voix. Ce qui fait le succès de Simenon dans le monde du cinéma réside donc essentiellement dans l'atmosphère qu'il crée dans ses romans, ainsi que dans l'épaisseur psychologique de ses personnages. Claude Chabrol (1930-2010), qui a adapté *Les Fantômes du chapelier* (1981) et *Betty* (1991), l'a bien compris : selon lui, dans les romans simenoniens, les personnages sont plus importants que l'intrigue elle-même, et il faut veiller à conserver cette prééminence au cinéma car ce qui importe pour le public quand il se retrouve face à un Simenon, c'est de s'identifier à un personnage. Les œuvres simenoniennes adaptées au cinéma concernent aussi bien des *Maigret* que des « romans durs ». Les premiers ont aussi été adaptés en téléfilms, pour la télévision, avec Jean Richard (entre 1967 et 1990) puis Bruno Crémer (entre 1991 et 2005) dans le rôle-titre.

Si Simenon a connu une postérité incroyable au cinéma, il a également des héritiers en littérature. On peut ainsi citer, entre autres, les noms de Jacques-Pierre Amette (né en 1943), Jacques de Decker (né en 1945), Patrick Modiano (né en 1945), Jean-Philippe Toussaint (né en 1957) ou encore Emmanuel Carrère (né en 1957). Tous semblent, consciemment ou non, avoir été influencés par l'œuvre de l'écrivain liégeois, que ce soit pour un livre, un chapitre ou même une seule page. Enfin, mentionnons encore Yves Ravey (né en 1953) qui, dans *Un notaire peu ordinaire* (2013), se réapproprie certaines recettes typiques des *Maigret* : sobriété de l'expression, moiteur de l'atmosphère, lenteur des gestes et compassion pour les personnages.

EN RÉSUMÉ

- Georges Simenon est un écrivain belge francophone né à Liège en 1903 et issu de la petite bourgeoisie en crise. Il entre en littérature par le bas de l'échelle, grâce à des articles et à des romans populaires, puis il grimpe les échelons de la hiérarchie littéraire avec ses *Maigret* et ses « romans durs ».

- Il est reconnu internationalement et sa fécondité est exceptionnelle : on lui attribue 75 *Maigret* et 117 « romans durs », sans compter ses très nombreux contes et romans populaires, qui sont publiés sous une vingtaine de pseudonymes et qui constituent la genèse de son œuvre.

- À travers ses écrits, sa principale obsession est de saisir l'homme nu pour comprendre la condition humaine. Cet objectif donne une certaine homogénéité à sa production littéraire.

- Le héros principal de sa série policière, le commissaire Maigret, rompt avec la tradition de l'enquêteur scientifique. Pour résoudre ses enquêtes, le célèbre détective se fie davantage à ses intuitions qu'à la science ou à la raison : il s'imprègne des lieux du crime et s'identifie aux personnes liées au drame. Simenon confère ainsi au roman policier une dimension psychologique, mais également un surcroît de littérarité dans la mesure où il s'écarte des recettes habituelles, des codes établis et des clichés.

- À une époque où l'intrigue est placée au second plan, Simenon reste fidèle au récit traditionnel qui veut qu'une histoire soit racontée, avec un début et une fin. Écrivain intuitif, il effectue, par petites touches, des descriptions qui sont surtout visuelles, olfactives, tactiles et sonores, afin de créer une atmosphère qui lui est propre.

- Les œuvres simenoniennes constituent un vaste réservoir de scenarii pour le cinéma et la télévision. De nombreux *Maigret* et « romans durs » sont en effet adaptés à l'écran, et ce dès les années trente.

POUR ALLER PLUS LOIN

SOURCES BIBLIOGRAPHIQUES

- ALAVOINE (Bernard), « Simenon, la littérature et ses institutions », in *Le Milieu littéraire*, Bruxelles, Les amis de Georges Simenon, 1991.
- ASSOULINE (Pierre), « Ravey, Yves, héritier Simenon », in *La République des livres*, 3 mars 2013, consulté le 21 juin 2015. http://larepubliquedeslivres.com/ravey-yves-heritier-simenon/
- ASSOULINE (Pierre), *Simenon. Biographie*, Paris, Julliard, 1992.
- BERTRAND (Alain), *Maigret*, Bruxelles, Labor, 1994.
- BRAHIMI (Denise), *À la découverte de Simenon romancier*, Paris, Minerve, 2010.
- CARLY (Michel), *Les Secrets des « Maigret »*, Bruxelles, Les amis de Georges Simenon, 2011.
- DUBOIS (Jacques), *Le Roman policier ou la Modernité*, Paris, Nathan, 1992.
- DUBOIS (Jacques), « Statut littéraire et position de classe », in *Lire Simenon*, Bruxelles, Labor, 1980.
- FABRE (Jean), *Enquête sur un enquêteur. Maigret. Un essai de socio-critique*, Montpellier, Université Paul Valéry, 1981.
- GAUTEUR (Claude), *D'après Simenon : Simenon et le cinéma*, Bruxelles, Omnibus, 2001.
- LACASSIN (Francis), « De Georges Sim à Simenon », in *Entretiens sur la paralittérature*, Paris, Plon, 1970.
- LEMOINE (Michel), *L'Autre Univers de Simenon. Guide complet des romans populaires publiés sous pseudonymes*, Liège, CLPCF, 1991.
- LEMOINE (Michel), *Liège dans l'œuvre de Simenon*, Liège, Université de Liège, 1989.
- LEMOINE (Michel), *Simenon. Écrire l'homme*, Paris, Gallimard, 2003.
- ROGER (Stéphane), *Le Dossier Simenon*, Paris, Laffont, 1961.

www.50minutes.com

Éditeur responsable : Lemaitre Publishing
Rue Lemaitre 6 | BE-5000 Namur
info@lemaitre-editions.com

ISBN ebook : 978-2-8062-6358-2
ISBN papier : 978-2-8062-6359-9
Dépôt légal : D/2015/12603/110
Photo de couverture : © Georges Simenon (1966),
par Joost Evers/Anefo.

Conception numérique : Primento,
le partenaire numérique des éditeurs